P9-DMI-614

LOS CASIBANDIDOS
QUE CASI ROBAN EL SOL
Y OTROS CUENTOS

*A LA
ORILLA
DEL VIENTO*

LOS CASIBANDIDOS
QUE CASI ROBAN EL SOL
Y OTROS CUENTOS

TRIUNFO ARCINIEGAS

ilustrado por

RAFAEL BARAJAS, *EL FISGÓN*

FONDO
DE CULTURA
ECONÓMICA

Primera edición,   1991
Segunda edición,   1995
   Novena reimpresión, 2014

Arciniegas, Triunfo
    Los casibandidos que casi roban el sol y otros cuentos / Triunfo Arciniegas ; ilus.
de Rafael Barajas "El Fisgón". — 2ª ed. — México : FCE, 1995
    39 p. : ilus. ; 15 × 19 cm — (Colec. A la Orilla del Viento)
    ISBN 978-968-16-4765-0

    1. Literatura infantil I. Barajas, Rafael, il. II. Ser. III. t.

LC PZ7   Dewey 808.068 A767c

Distribución mundial

D. R. © 1991, Fondo de Cultura Económica
Carretera Picacho-Ajusco, 227; 14738 México, D. F.
www.fondodeculturaeconomica.com
Empresa certificada ISO 9001:2008

Editor: Daniel Goldin
Diseño: Arroyo + Cerda
Diseño de portada: Joaquín Sierra
Dirección artística: Rebeca Cerda

Comentarios: librosparaninos@fondodeculturaeconomica.com
Tel.: (55)5449-1871. Fax: (55)5449-1873

Se prohíbe la reproducción total o parcial de esta obra, sea cual fuere
el medio, sin la anuencia por escrito del titular de los derechos.

ISBN 978-968-16-4765-0

Impreso en México • *Printed in Mexico*

Para Lucila Duque

El árbol de candela

❖ En Taganga, un pequeño y lejano pueblo que ya no existe, un loco sembró un fósforo encendido en el jardín de su casa.

Era su último fósforo porque, aburrido de contemplar chorros de humo, decidió dejar de fumar. El loco, que era un gran tipo, delgado y gracioso, cabello de alfileres y nariz fina, usaba camisas de colores y pantalones de estrellas. Inventaba globos y cometas, famosos en Taganga y sus alrededores, y estaba loco. A veces amanecía como perro, ladraba hasta que le cogía la noche y perseguía a los niños hasta rasgarles los calzones. De noche quería morder la luna. Otras veces se sentía gato, recorría los tejados y se bebía la leche en las cocinas del vecindario. Otras veces se creía jirafa y lucía bufandas de papel. Cuando le daba por volverse guacamaya era peor.

A piedra o con agua caliente lo espantaban. Pero casi siempre lo toleraban porque, aparte de las cometas y los globos, inventaba otras bellezas: de pronto tapizaba de flores todas las calles del pueblo o escribía frases curiosas que repartía en hojas rosadas o soplaba pompas de jabón toda una tarde en el parque. Como loco que se respete, era poeta y soñador. Si el loco desaparecía por mucho tiempo, lo extrañaban y se preguntaban unos a otros dónde estaría, qué estaría haciendo y con quién.

Como era de esperarse, la gente se burló de la última locura del loco. Lo vieron sembrar el fósforo encendido en el jardín de su casa y se fueron a dormir. Sólo a un loco se le podía ocurrir sembrar un fósforo. Soñaron con estrellas de colores y madrugaron a ver el jardín.

El loco estaba cantando. Sacudió los hombros, hizo una cometa de zanahoria y la echó a volar.

La gente se reía.

El loco hizo un globo en forma de conejo, con orejas y todo, que se tragó a la cometa en el aire. La gente lloraba de risa. El globo se comió una nube y engordó, se comió otra y se alejó sobre el mar.

La gente se toteaba
de risa.

Pero al poco tiempo
nació, y con rapidez creció,
un árbol de candela. El árbol
era como un sol de colores
inquietos, como una
confusión de lenguas rojas,
naranjas y azules que se
perseguían sin descanso
desde la tierra del jardín
hasta el cielo. Las flores se

fueron corriendo a otro jardín porque el calor se les hizo insoportable y así el árbol fue el amo y señor indiscutible.

El loco, loco de la dicha, se puso la camisa más bonita y se peinó, salió a caminar por el pueblo con los bolsillos llenos de margaritas. El loco más feliz del mundo y la sonrisa de oreja a oreja. El más vanidoso. Se hizo tomar un retrato sobre un caballito de madera para acordarse de su día feliz. Debajo de la cama, en el baúl de una tía difunta, el loco conservaba un grueso álbum de días felices, que le gustaban más que la mermelada.

A la gente, en cambio, no le gustó el invento del árbol de candela porque los niños metían la mano y se quemaban, y entre todos decidieron apagarlo. Qué loco más peligroso, sólo a él se le podía ocurrir tal barbaridad. Llevaron y llevaron baldes de agua pero el árbol no se apagó, antes creció otro poco.

El árbol se sacudía como un bailarín.Como que se reía. Como que se burlaba de toda esa gente que sudaba.

Furiosos, los habitantes de Taganga llamaron a los bomberos de una ciudad cercana, y muy importante porque tenía cuerpo de bomberos con carro rojo, mangueras de todos los colores y como treinta hombres tragafuegos. Llegaron con mucho escándalo y atropellaron al árbol hora tras hora con sus chorros de agua. Se formó una humareda tremenda y el árbol se apagó. La gente tosía y se secaba las lágrimas, extraviada en el humo. Los bomberos se fueron satisfechos.

Fue una noche oscura y fría, llena de toses y lágrimas. Entonces reconocieron que el árbol iluminaba las noches como la más grande de las estrellas.

Los viejos lamentaron demasiado tarde no haberse acercado al árbol para encender los tabacos. Las mujeres maldijeron a los fósforos que perdían la cabeza sin dar llama. Fue una noche triste. El loco lloraba en su sillón. Cogía las lágrimas entre los dedos y se las tragaba.

Al amanecer, en el jardín del loco, del humo poco a poco brotó el árbol de candela, al principio como un hilo y luego con entusiasmo, y la gente brincó de alegría.

En la tarde llovió pero el árbol ya tenía fuerzas para enfrentar la lluvia.

La gente paseaba hasta la medianoche, iluminada y abrigada por el árbol. Alguien se acercó con timidez a encender el cigarro. Y luego otro y otro. Los viejos brincaron como cabras con el tabaco encendido. Una mujer trajo la ropa mojada. Otro se frotó las manos.

El árbol algo tenía del loco porque cambiaba de forma: a veces era un perro, a veces un gato, a veces una jirafa.

El pueblo se llenó de globos y cometas.

Los niños y los viejos, y luego las mujeres, bailaron alrededor del loco. Arrebatadas, las muchachas lo llenaron de besos, le trajeron camisas de flores y pantalones de pepitas. Como era justo y generoso, el loco le devolvió a la más bonita treinta y tres besos, contados con exactitud.

Alguien le ofreció un sillón muy fino pero el loco dijo que en el suyo estaba bien. Se hizo tomar tres retratos.

De pronto, del árbol brotaron pájaros.

Bellísimos pájaros de fuego.

La gente se asustó al principio pero luego disfrutó el espectáculo: pájaros de fuego en el corazón de la noche.

Por la mañana, los pájaros encendieron el fuego en las cocinas. ❖

La escopeta de Petronio

❖ Petronio Titiribí madrugó a cazar.

Se puso las botas de cuero de venado, el sombrero de plumas y los bigotes grandes y negros. Se acomodó el morral a la espalda y salió con la escopeta al hombro. La escopeta no fallaba.

Iba feliz, tarareando un bolero.

Petronio caminó casi dos horas y de pronto descubrió tres palomas en el aire. Ya las veía en el plato, doraditas, olorosas. Apuntó con su escopeta y disparó.

¿Y qué pasó?

En vez del tiro que bajaría las palomas del desayuno, la escopeta escupió flores. Las palomas se alejaron, saludando al hombre que les anunciaba la primavera. Petronio guardó las flores en el morral.

Más allá, a la orilla del lago, Petronio encontró un pato. Los patos eran deliciosos en el plato. Apuntó con su escopeta.

¿Y qué pasó?

La escopeta disparó un manojo de flores. El pato se sintió feliz porque el caballero lo saludaba con flores. En estos tiempos no abundaban los caballeros. Le deseó un buen día y se fue a nadar a otra parte. Petronio recogió las flores.

Más allá, entre la hierba, Petronio le disparó a un apetitoso conejo que leía el horóscopo en una revista. La escopeta repitió la gracia. El conejo saltó regocijado ante la explosión de flores.

—Te felicito, hombre —exclamó el conejo—. Eres un gran mago. Yo mismo me escapé de un sombrero. Soy Copo de Nieve.

El conejo le dio la dirección del circo, recogió la revista y desapareció. Petronio Titiribí pataleó entre las flores. Petronio no comía flores. Y era la hora del desayuno. De modo que siguió probando.

A cada intento, la escopeta de Petronio disparaba un jardín. El estómago le rugía. Bostezaba y le salían lágrimas.

—¿Dormiste mal anoche, que amaneciste con ese sarampión de flores? —le dijo Petronio a la escopeta.

Los animales se sentían felices y eran amables. Le deseaban toda la felicidad del mundo. Pero el estómago de Petronio no se llenaba con felicidad.

Petronio habló de hombre a escopeta con su amiga. Le expuso la terrible situación. Le suplicó que se dejara de tanta payasería. Que se dejara de echar flores o la cambiaría por un revólver o una carabina automática o un tanque de guerra.

La escopeta ni siquiera echó humo.

Desesperado y muerto de hambre, Petronio se enfrentó a un león en el bosque. Primero se arrodilló y luego le apuntó al entrecejo. "No fallaré", dijo Petronio, todavía esperanzado, y disparó con pulso firme. Pero la escopeta volvió a escupir flores.

—Ay, mi madre —dijo Petronio Titiribí.

El león se le acercó y, en vez de comérselo, le dijo:

—Qué caballero tan amable. Me ofrece las flores que necesito para el cumpleaños de mi novia. Mil gracias. No olvide volver por acá. Será bienvenido.

Y se alejó con el ramo recién disparado.

Petronio cayó sentado, sudoroso, sobre una reunión de tréboles.

El león volvió de prisa, agitando el ramo.

—Ahora sí llegó mi hora —dijo Petronio—. Adiós, vida mía.

—Olvidé obsequiarle mi novela —dijo el león y le

enseñó un libro gordo, *Aventuras de Leoncio Santamaría en África*—. Dígame su nombre para dedicársela.

—Petronio Titiribí —tartamudeó Petronio.

—¿Hermano de Pepino Titiribí?

—¿Conoce a Pepino? —tartamudeó Petronio.

—Anoche lo invité a cenar —dijo el león, y firmó con su hermosa letra en la primera página.

—Ay, pobrecito mi hermano Pepino, el titiritero —exclamó Petronio—. No lo volveré a ver.

—Salió a un largo viaje —dijo el león—. Yo también me voy. Saludaré a mi novia de parte suya. Adiós.

Aliviado, Petronio guardó el libro en el morral.

Petronio decidió regresar a casa, arrastrando la escopeta y el cargamento de flores. Las mariposas lo seguían.

A la entrada del pueblo, una muchacha lo vio desde su ventana y le gritó:

—Petronio Titiribí, qué flores tan bellas…

Petronio le ofreció un ramo.

Y la muchacha lo invitó a almorzar.

—Gracias, Julieta —dijo Petronio

La muchacha era delgada y frágil, como un florero, con un lunar junto a la boca. Se adornó el pelo con las flores. Llenó el jarrón de la mesa y una botella verde en la cocina. Y aún quedaban flores. Regó flores en la cama, en la alberca, en los corredores. Llenó de flores a la gata Magnolia,

que le daba besos a Petronio. Y aún quedaban flores.
Conmovido, Petronio Titiribí contó su secreto.

—Petronio, tengo una idea —dijo Julieta, a quien
siempre la acompañaban las buenas ideas—. Vamos al
mercado.

Petronio hizo otros disparos en el patio y se fueron al
mercado con tres canastos repletos.

El rumor corrió como pólvora y la gente se amontonó
para comprar esas flores tan preciosas. Hacían miles de

preguntas: dónde cultivaban esas flores, qué abono usaban, cuándo sembraban y cuándo cortaban…

—Es un secreto de familia —dijo Petronio con orgullo.

Compraron un caballo blanco y regresaron a casa de Julieta. Al despedirse, como recuerdo de una tarde maravillosa, Julieta le regaló un retrato.

Petronio Titiribí volvió feliz a casa, en el caballo recién comprado. Colgó la foto de Julieta entre la escopeta y la ventana. "Al fin y al cabo, no amaneciste nada mal", le dijo a la escopeta. Se quitó las botas, el sombrero y los bigotes. Y se acostó.

Leyó las diez primeras páginas de la novela del león.

Pensó antes de dormirse, contemplando la foto:

—Mañana le llevaré flores a Julieta.

Sonrió muy feliz.

—O tal vez la invite a cacería. ❖

Los casibandidos
que casi roban el sol

❖ Eran tres bandidos de gruesos bigotes que todo
hacían mal. Y una mujer morena. Uno era alto y jorobado,
se llamaba Plutonio. El otro era gordo y calvo, se llamaba
Plutarco. Y el otro era un enano de ojos verdes que
estornudaba cada tres minutos, se llamaba Plumero.
Usaban en la cara pañuelos negros siempre que robaban y
como casi siempre estaban robando casi nunca se veían los
bigotes. Los domingos lucían sombrero negro. Eran tristes
y malgeniados.

La mujer, muy bonita, se aburría de esperar que
llegaran con algo: un televisor, una nevera, un auto último
modelo, una casa con jardín.

Porque todo les salía mal a los bandidos. Si robaban
una gallina en el vecindario, la gallina armaba un escándalo
de tal tamaño que todo el mundo se despertaba y espantaba
a piedra a los bandidos. Sólo quedaba un reguero de
plumas y los bandidos se acostaban sin comer. La mujer les
ponía mala cara y rezongaba toda la noche. Si robaban un
banco, la policía los atrapaba y los bañaba con estropajo.

Los bandidos chillaban porque en aquel año ya se habían bañado y la combinación de agua, jabón y estropajo, aparte de que les caía mal, podría desgastarlos y hasta desaparecerlos del mapa. Nada les daba resultado. Si robaban a una viejecita, el asunto resultaba peor, porque la viejecita los agarraba a carterazos hasta dejarlos medio muertos. Y en casa, la mujer les tiraba las orejas hasta dejárselas como un clavel.

No eran bandidos del todo, ni siquiera tenían diploma. Eran casibandidos.

Antes eran siete, siete terribles y espantosos bandidos. Pero como al principio les iba tan mal como ahora, uno tras otro se retiraron de la honorable sociedad. El primero se dedicó a repartir cartas porque sabía montar en bicicleta, otro subió a un barco y nunca más se supo, otro aprendió el oficio de la zapatería y consiguió novia, el último en abandonar la distinguida sociedad de bandidos se dedicó a cantar en la calle y llenó de monedas el sombrero.

Por último, la mujer que los esperaba en casa se

fue con un vendedor de flores que pasaba por ahí.

Una vez los tres bandidos, que ahora barrían la casa, tendían las camas y lavaban ropa, robaron un helado de fresa y salieron corriendo. Como era mediodía, el sol les derritió el helado antes de saborearlo.

—Hermanos, tengo una idea luminosa —dijo el bandido mayor, que se llamaba Plutonio, rascándose la joroba contra la pared—. Robemos el sol, que nos derritió el botín.

—Así nadie nos humillará nunca más —dijo el segundo bandido, que se llamaba Plutarco, rascándose la bola de billar.

—Seremos poderosos, famosos, hermosos —dijo el

bandido enano, que se llamaba Plumero, después de estornudar, rascándose la barriga vacía.

La gente vendría a suplicarles un pedacito de sol y los bandidos, con diploma enmarcado en la sala y otros privilegios, le tirarían la puerta en las narices. La noticia del robo aparecería en la primera página de los periódicos, con foto y todo. De la televisión les pedirían entrevistas. Todo el mundo se rendiría a sus pies. Los invitarían con tarjeta especial a todas las fiestas para congraciarse con ellos. Pero nunca aceptarían porque no sabían bailar. Les enviarían regalos: un saco de lentejuelas para Plutonio, pavos y pelucas para Plutarco, unos zapatos de tacón para Plumero. Los tres bandidos, en cambio, no se rendirían tan fácilmente.

Hasta de pronto Plutonio perdería la joroba y Plutarco hasta de pronto ganaría unos pelos y Plumero unos centímetros, nunca se sabe. De todos modos, con el sol bien amarrado, bien enjaulado en el patio de la casa, serían poderosos, invencibles y hasta hermosos, aparte de famosos desde luego.

—Necesitamos una escalera —dijo Plutonio.

—Una escalera grande —dijo Plutarco.

—Porque una chiquita, ni modo —dijo Plumero.

Por más que buscaron no encontraron una escalera tan

grande que llegara al sol.
Compraron un lazo y se
fueron a lazar el sol.

El lazo no les alcanzó.

Compraron el lazo más
largo del mundo y se lo
arrojaron al sol. Saltaron de
alegría al lazar el sol. Pero
pronto, con sus poderosos
rayos, el sol quemó el lazo y
quedó libre. Se escondió tras
una nube.

El bandido mayor tuvo
una idea luminosa:

—Soplamos y
soplamos hasta enfriarle los
rayos y entonces lo
atraparemos.

—Muy bien, Plutonio —dijeron los otros—. Lo haremos.

Soplaron y soplaron los tres bandidos hasta casi reventar y el sol no se apagó.

Se fueron a barrer la casa los tres casibandidos.

El segundo bandido tuvo una idea luminosa:

—Con agua le apagaremos los rayos.

—Muy bien, Plutarco —dijeron los otros—. Lo haremos.

Como no pudieron robar una lluvia, arrojaron baldes y baldes de agua, y el sol no se apagó.

Se fueron a tender las camas los tres casibandidos.

El bandido enano tuvo una idea luminosa:

—Le echaremos hielo a los rayos, y, cuando ya esté tiritando, como un pollito huérfano, lo atraparemos.

—Muy bien, Plumero —dijeron los otros—. Lo haremos.

Tiraron y tiraron manotadas de hielo los tres bandidos hasta que se les pusieron los dedos morados, y el sol no se apagó.

Se fueron a lavar su ropa los tres casibandidos.

En casa, apenas barrieron, tendieron y lavaron, los tres bandidos se quitaron el pañuelo y se sentaron a la mesa. Como no había nada que comer, se miraron los bigotes y discutieron.

—Ya sé —dijeron al tiempo—. Lo agarraremos a piedra.

—Le quebraremos los rayos a pura piedra.

—Y así será fácil atraparlo y traerlo a casa.

Reunieron un montón de piedras y comenzaron a tirar. Quebraron unas ventanas y vino la policía y se los llevó por revoltosos.

Nadie les creyó el cuento del sol.

Un poco más y terminan en una casa de locos.

Al salir de la cárcel, todavía pensaban en el sol.

—Ya sé —pensó Plutonio de repente—. Lo atraparemos dormido.

—Ya sé —pensó Plutarco—. De noche.

—Ya sé —dijo Plumero—. En su casa.

Y el jorobado, el gordo y el enano se fueron de noche a buscar la casa del sol.

Todavía la están buscando.

Índice

Los casibandidos que casi roban el sol
y otros cuentos, de Triunfo Arciniegas,
número 3 de la colección A la Orilla del Viento,
se terminó de imprimir y encuadernar en junio de 2014
en Impresora y Encuadernadora Progreso, S. A. de C. V. (IEPSA),
calzada San Lorenzo, 244; 09830 México, D. F.
El tiraje fue de 2 100 ejemplares.